Jürgen Scheibler

Der TRAUM vom STUDIEREN

Episoden aus dem Studienalltag

AF236621

Verlag: BoD - Books on Demand, Norderstedt

2. Auflage
© 2021 Jürgen Scheibler
Fotos: Privatbesitz Jürgen Scheibler, Rudolf Baier
Illustrationen: Sabine Knieß
Herstellung und Verlag: BoD - Books on Demand,
Norderstedt
Printed in Germany
ISBN 978-3-75430-749-6
www.bod.de

Jürgen Scheibler

Der TRAUM vom STUDIEREN

Episoden aus dem Studienalltag

Begleitet Ben auf seinem Weg durch ein Studiensemester.

In wöchentlichen Episoden werden typische Situationen beschrieben, die während eines Studiums jeder in dieser oder ähnlicher Form erleben könnte. Ben möchte euch aus seiner Sicht in lockerer, manchmal humorvoller, manchmal nachdenklicher Art und Weise über seine Gedanken, Erlebnisse und Erfahrungen erzählen.

Gut möglich, dass der eine oder andere manchmal glaubt, mit seinem Spiegelbild zu sprechen. Dies ist kein schlauer Ratgeber, wie man richtig und effektiv durch das Studium kommt. Aber die Episoden liefern ganz sicher Anstöße zum eigenen Nachdenken. Was am Ende wirklich zählt, ist, das Kunststück zu schaffen, die (im Rückblick meist) schönste Zeit des Lebens zu genießen und seine eigenen Fähigkeiten und Talente zu erkennen und optimal zu fördern.

Jürgen Scheibler, Jahrgang 1959, hat an der TU Dresden Elektrotechnik studiert und danach viele Jahre als Lehrkraft in der Fakultät Elektrotechnik und Informatik an der Hochschule Zittau/Görlitz gearbeitet, bevor er später in die Verwaltung wechselte. Zu seinen Aufgaben gehörte die Beratung von Studierenden mit Behinderung und Beeinträchtigung.

Das Kaleidoskop der Episoden reicht vom Kirchentag in Dresden über die Erinnerung an den Urlaub in Cornwall bis zum Labyrinth in der Kathedrale von Chartres.

PROLOG und **15** EPISODEN

FREUDE & SCHMERZ

ERFOLG & NIEDERLAGE

GEH DEINEN EIGENEN WEG

Im Mittelpunkt aber stehen Ben's Erlebnisse, Herausforderungen, Erfahrungen und Entscheidungen im ganz normalen Studentenalltag auf dem Campus Görlitz

PROLOG

Als ich in Görlitz in den Zug steige, weiß ich nicht, was mich erwarten wird. In nicht einmal eineinhalb Stunden bringt mich der Regionalexpress der Deutschen Bahn nach Dresden auf den Hauptbahnhof. Wer von dort die Prager Straße entlangläuft, landet unweigerlich in den Einkaufstempeln der Innenstadt. An anderen Tagen steige ich in der Neustadt aus, dem eigentlichen Studentenviertel von Dresden. Nichts, was es dort nicht gibt. Wohn- und Partymeile mit dem besonderen Flair, ideal zum Abschalten, um Abstand zu gewinnen vom manchmal stressigen Studienalltag. Nicht umsonst liegt die Neustadt in einem akzeptablen Abstand zu den Bildungstempeln auf der anderen Seite der Elbe. Aber heute, an diesem ersten Donnerstag im Juni, bin ich in anderer Mission unterwegs, gewissermaßen in kirchlicher Mission. Nun muss man wissen, dass Kirche und Religion nicht wirklich mein Ding sind. Klar, ich bin getauft, dafür hatten meine Eltern noch gesorgt, aber danach verliert sich die Spur übersinnlicher Erleuchtung. Um die Konfirmation habe ich mich erfolgreich gedrückt und die Innenausstattung von Kirchen und Kathedralen kenne ich zugegebenermaßen nur aus dem Weihnachtsgottesdienst und Urlaubserinnerungen. Wer kann schon in Florenz am berühmten Dom mit dem danebenstehenden Campanile vorbeigehen ohne wenigstens einen Blick in das riesige Kirchenschiff zu werfen. Mir kam es damals in den Ferien nach dem zweiten Semester jedenfalls so vor, als würde eine nie enden wollende Menschenmenge von einer unsichtbaren Kraft in das große Kirchenportal gezogen. Seitdem stoße ich immer mal wieder auf Fragen zur Religion, zum Glauben an höhere Mächte und deren Einfluss auf die Gesellschaft und auf mich als Student in Görlitz. Ich bin Ben. Ich studiere Kulturwissenschaften und wohne im Studentenwohnheim direkt neben der Peterskirche. Beim Blick aus dem Fenster sehe ich die zwei Türme der Kirche, die hoch in den Himmel ragen. Das ist schon beeindruckend und, ich kann nicht einmal genau sagen warum, irgendwie beruhigend. Die Türme der Görlitzer Peterskirche verändern sich nicht, egal, ob es regnet, stürmt oder schneit. Sie wurden vor 600 Jahre für die Ewigkeit gebaut. Vielleicht war dieser Blick der endgültige Anstoß dafür, dass ich heute im Zug nach Dresden sitze. In Sachsens Landeshauptstadt findet an diesem Wochenende der 33. evangelische Kirchentag statt. Ich habe gegoogelt und herausgefunden, dass es nur aller zwei Jahre Kirchentage gibt. Der letzte war 2009 in Bremen. Und dieses Mal Dresden, quasi direkt vor der Haustür. So eine Gelegenheit kommt nicht gleich wieder. Ich bin neugierig und gespannt. Im Internet steht, dass es keinesfalls nur um Kirche, Religion und Gott geht. Sondern ebenso um Gesellschaft, Politik, Wirtschaft und Medien. Im Zug begegne ich den ersten Leuten, die das gleiche Ziel haben und ganz offensichtlich gut vorbereitet sind. Der leuchtend grüne Schal mit der Losung des Kirchentages fällt sofort auf:

Da wird dein Herz sein

Während ich noch darüber nachdenke, wo mein Herz in diesen Tagen ist, fährt der Zug in den Dresdner Hauptbahnhof ein. Ich verschiebe die Antwort auf die Rückfahrt. Schon die ersten Schritte auf der Prager Straße geben mir das Gefühl, dass hier etwas Besonderes geschieht. Es ist Feiertag, die Geschäfte sind geschlossen und trotzdem herrscht ein buntes Gewimmel auf den Gassen (wie komme ich jetzt nur auf Goethe?). Menschen aller Altersgruppen stehen im Kreis oder wild durcheinander und beraten sich, andere kennen offensichtlich ihr Ziel und sind unterwegs. Was mir jetzt erst auffällt sind die vielen Plakate und Fahnen, die mit ihrem pinkfarbenen Grundton das Stadtbild prägen. Dresden hat sich verwandelt und empfängt die Besucher des Kirchentages mit offenen Armen. Und anders als zu manchem Referat bin auch ich ganz gut vorbereitet. Aus dem Internet habe ich mir die wichtigsten Programmpunkte und Veranstaltungsorte ausgedruckt: Elbufer, Messegelände, Stadion, Ostragehege. Mit der Straßenbahn fahre ich als erstes zum Messegelände. Mit einiger Mühe quetsche ich mich in die nächste Bahn. Ich stehe zwischen einer Familie mit einem etwa zehnjährigen Jungen, der seinen grünen Schal ganz lässig um den Rucksack gebunden hat. Ich erfahre, dass er aus Hessen stammt und extra zum Besuch des Kirchentages nach Dresden gekommen ist. Auf dem Messegelände angekommen, besuche ich in Halle 3 eine Diskussionsrunde zum Thema Boulevard statt Kirche. War ganz interessant zu hören, wie Leute aus der Medienbranche und der Kirche den Einfluss und die Verantwortung der Medien, insbesondere der Boulevardpresse, sehen. Welche Grenzen, vor allem moralische, sollten bei der Berichterstattung über Menschen oder Sachthemen eingehalten werden. Beispiele wie Kachelmann, Guttenberg und Wulff zeigen, dass Menschen aus allen Bereichen der Gesellschaft hofiert und emporgehoben, aber auch ebenso schnell wieder fallengelassen werden. Es gibt aber auch eine Kehrseite, die gerade von Politikern und Künstlern gern genutzt wird. Das

10

gezielte Ausnutzen der Medien zum eigenen Vorteil. Die Herren im Podium haben jeder so ihre eigene, subjektive Sichtweise, und so können wir uns im Publikum demjenigen anschließen, der uns aus dem Herzen spricht. Womit ich auf wunderbare Weise an die Losung des Kirchentages „… da wird dein Herz sein" erinnert werde. Ich habe gelernt, dass man freundlich mit den Medien umgehen sollte. Und wenn ich mich gelegentlich mit einem Redakteur der örtlichen Zeitung in einer Görlitzer Altstadtkneipe auf ein Bier treffe, kann das für meine Karriere nur förderlich sein. Muss ja nicht gleich der Chefredakteur sein. Wie wäre es erst einmal mit der Praktikantin, Ben? Ich habe Hunger. Das Frühstück im Wohnheim ist schon eine gefühlte Ewigkeit her. Bevor ich wieder in die Innenstadt fahre, werfe ich noch einen Blick in die Nachbarhalle. Die gut gefüllten Sitzreihen lassen ein interessantes Thema vermuten. Ich suche mir einen freien Platz im hinteren Teil und studiere meinen Programmausdruck. Ein Arzt und Professor aus Essen sprechen zum Thema Glauben im Genesungsprozess. Gut, das ist jetzt nicht direkt mein Thema (Gott sei dank), aber heute bin ich offen für alles Neue. Und natürlich gehört der Glaube zum Kirchentag. Menschen, die an Gott glauben und ihr Leben in Gottes Hand legen, werden nach schweren Krankheiten und Operationen schneller gesund. Sie fühlen sich aufgehoben und beschützt und gerade in schwierigen Lebenssituationen nicht allein. Das haben wissenschaftliche Studien bewiesen. Ganz besonders hilft es denjenigen, die keine Angehörigen mehr haben oder von ihnen zu wenig Unterstützung bekommen. Professor Nagel sagt auch, dass Schulmedizin und Naturheilkunde noch viel stärker zusammenarbeiten müssen, um für den Patienten die bestmögliche Therapie zu finden. Da gibt es in Deutschland noch einiges zu tun, vor allem in den Köpfen der Mediziner. Spannendes Thema, schade, dass ich nicht alles gehört habe. Ich werde Matze fragen, wenn ich wieder in Görlitz bin. Matthias, wie er eigentlich richtig heißt, ist mein Mitbewohner in der WG. Er studiert Psychologie und kennt sich mit Gedanken, Gefühlen und menschlichem Verhalten aus. Wir hatten vor kurzem eine längere Diskussion darüber, ob narzisstisches Verhalten angeboren ist oder durch Umweltfaktoren begünstigt wird. Die Zeit wird knapp. Es ist schon früher Nachmittag. Mit der nächsten, total überfüllten Straßenbahn mache ich mich auf den Weg in die Innenstadt. Ich möchte auf keinen Fall den ökumenischen Gottesdienst im Stadion verpassen. Bisher war ich erst einmal im neu gebauten Dresdner Fußballstadion. Live dabei bei der Heimpleite gegen Jena. Damals spielte Dynamo noch in der dritten Liga. Nach dem Aufstieg müssen die Jungs nun zeigen, ob sie auch in der zweiten Liga bestehen können. Es wird Zeit, dass dort wieder mehr Ostvereine dabei sind. Kaum betrete ich durch einen der vielen Eingänge den Innenraum, da spüre ich, dass heute eine ganz andere Stimmung im weiten Rund herrscht. Die Tore sind verschwunden, der grüne Rasen teilweise mit Platten abgedeckt. In der einen Hälfte des Spielfeldes steht eine große Bühne für die Mitwirkenden, davor ein Podest, wo später Studenten der Palucca Hochschule tanzen werden. Auf den Zuschauerrängen gegenüber sitzen wir, die Besucher dieses Gottesdienstes, an ungewöhnlicher Stätte. Es sollen über Zehntausend gewesen sein, wie die Zeitungen später schreiben. Ich suche mir einen Platz ziemlich weit oben und schaue mich beeindruckt um. Erst jetzt bemerke ich ein Funkeln und Blitzen, als würde jemand mit einem Spiegel die Sonnenstrahlen in mein Gesicht lenken. Da fällt mir die Szene aus der Feuerzangenbowle mit Heinz Rühmann ein, als der Pfeiffer in der Geschichtsstunde mit einem abgelenkten Sonnenstrahl den Weg der Goten auf der Landkarte markierte. Die Spiegel im Stadion sind unzählige Blechblasinstrumente. Die Musiker sitzen gut verteilt zwischen den Besuchern und schauen aufmerksam auf den Rasen, wo ein Mann versucht, dieses riesige Orchester zu dirigieren. Ein wunderbarer Klang bleibt mir in Erinnerung, der durch die Architektur des Stadions Kraft, Hoffnung und Gemeinschaftsgefühl verströmt. Und noch etwas anderes ist haften geblieben. Die Predigt von Bischof Reinelt. Seine Botschaften sind an alle Menschen gerichtet, egal ob Christen oder Atheisten. Er spricht von vier Grundpfeilern menschlichen Verhaltens in einer sozialen Gemeinschaft: Mensch sein, Eins sein, Glaubwürdigkeit und Liebe. Die Erklärungen und Beispiele sind für jeden einleuchtend, wer will schon an dem Guten im Menschen zweifeln. Der Bischof spricht von uneigennütziger Hilfe für andere, die nur dann gelingt, wenn wir uns selbst annehmen. Bei allem was wir tun, entscheidend ist, dass Denken und Handeln authentisch und glaubwürdig sind. Und über allem steht die Liebe. Denn da wird auch dein Herz sein. Die Signale, die ich aussende, kommen als Vielfaches zu mir zurück.

Ein paar Stunden später sitze ich im Zug zurück nach Görlitz und denke über den ereignisreichen Tag in Dresden nach. Immer wieder kommen mir die Worte des Bischofs aus dem Gottesdienst in den Sinn. Ist es wirklich möglich, dass sich ein sinnerfülltes Leben auf vier Grundprinzipien gründet?

Vor mir liegt ein langes Wochenende. Zum Glück. Nächste Woche tauche ich wieder ein in den ganz normalen Studienalltag eines ganz normalen Studenten an einer ganz normalen Hochschule. In ein paar Wochen sind Prüfungen und danach Ferien. Endlich. Das neue Semester startet im Oktober. Und wer mich begleiten will, ist herzlich eingeladen.

VORFREUDE

Der Weg zur Hölle ist mit vielen guten Vorsätzen gepflas-
tert.
                                                    Oskar Wilde

Der Sommer ist vorbei und mit ihm die Semesterferien. Ich war endlich mal wieder längere Zeit in
meiner alten Heimat und habe ein paar Freunde aus
der Schulzeit getroffen. Ingo, mein langjähriger
Banknachbar, studiert Maschinenbau im dritten
Semester in Dresden. Gemeinsam waren wir zwei
Wochen auf Entdeckertour quer durch Deutschland. Mit Rucksack und Schlafsack sind wir auf gut
Glück größtenteils mit der Deutschen Bahn,
manchmal getrampt und an der Ostsee sogar einige
Kilometer zu Fuß unterwegs gewesen. Endstation
war Dresden, wo wir uns ein paar Tage in Ingos
Studentenbude in der Neustadt erholt haben. Spontan haben wir uns zum Abschluss für das Konzert
der Red Sparowes im Beatpol entschieden. Post
Rock ist zwar mehr Ingos Musikgeschmack, aber
auch ich war begeistert. Geiles Konzert. Kann ich
nur empfehlen. Das sind Erinnerungen, jetzt heißt
es wieder, Konzentration auf das Studium. Gerade
habe ich mir die Prüfungsnoten im Schaukasten
meiner Fakultät angesehen. Hätte ich natürlich
schon eher im Internet über das Studentenportal
machen können, aber ich sage mir immer, Ferien
sind Ferien. Alles bestanden, sogar mit ganz or-
dentlichen Noten. Nicht, dass ich das Gefühl hatte,
in einem Fach durchgefallen zu sein, aber man
kann ja nie wissen. Besonders bei den Sachaufga-

ben bin ich mir nicht immer sicher, wie die Professoren bewerten. Ich habe die Erfahrung gemacht, lieber etwas mehr zu schreiben, vor allem dann, wenn ich zu einer Frage nicht gut vorbereitet bin. Ein naheliegendes Thema und ein Beispiel finden sich fast immer. Wir sollen ja themen- und fächerübergreifend denken. Also bitte. Keine Ahnung, ob das wirklich hilft. Habe die Profs nie gefragt. Immerhin bin ich diese Woche schon zur Konsultation bei einer meiner Lieblingsprofessorinnen gewesen. Es ging um den Semesterbeleg, der bis Weihnachten abzugeben ist. Ich habe ihr gesagt, dass ich gern etwas zum Thema Kultur und Geschichte schreiben würde. Mal sehen, ob das klappt. Ich bin ganz entspannt und wirklich froh, solche guten Lehrkräfte zu haben. Die Betreuung ist echt toll und das Beste ist, unsere Professoren kennen jeden einzelnen Studenten. So gesehen macht sich meine Entscheidung, an einer Hochschule für angewandte Wissenschaften zu studieren, auf jeden Fall bezahlt. Wenn ich Ingo erzählen höre, dass das Audimax an der TU in Dresden fast tausend Plätze hat und auch die in mancher Grundlagenvorlesung nicht ausreichen. Na dann, die Massenuni lässt grüßen. Dafür gibt es andere Vorteile, ist schon klar. Es ist ein schöner Herbsttag, wahrscheinlich zu warm für die Jahreszeit. Ich sitze auf der Terrasse der Mensa, trinke einen Kaffee mit Milch und hänge meinen Gedanken nach. Ich mag den Campus in Görlitz. Drei Gebäude sind u-förmig angeordnet mit der Öffnung zur Neiße in Richtung Polen. Steht nicht August der Starke als Goldener Reiter auf dem Neustädter Markt in Dresden ebenfalls mit dem Blick nach Polen? Als Kurfürst von Sachsen strebte er auch nach der polnischen Krone und wurde 1697 König von Polen. Aber das ist eine andere Geschichte. Was sagte doch gleich meine Mutter, als wir zum Hochschulinformationstag hier waren? Klein aber fein, Ben. In Zittau sind die Lehrgebäude in der Stadt verteilt. Ich war voriges Jahr zur Campusparty das erste Mal dort. Die vier neu gebauten Gebäude am Ring sehen zwar gut aus, sind aber eben nur Lehr- und Laborgebäude. Wirkt dadurch alles ein wenig steril. Dafür gibt es in Zittau einen Studentenpark. Das nenne ich mal eine wirklich gelungene und nachhaltige Aktion. Ich habe mir sagen lassen, dass jeder Absolventenjahrgang seinen eigenen Baum im Park pflanzen kann. Wie spät ist es eigentlich? Die Sonne ist gerade hinter den Häusern verschwunden. Und ich bin es auch gleich. Das neue Semester wartet. Ein Beleg, fachspezifische Lehrveranstaltungen, wahlobligatorische Fächer und so manches andere, was du noch gar nicht ahnst. Auf geht's.

TRAUM

Wenn der Mensch nicht über das nachdenkt, was in ferner Zukunft liegt, wird er das schon in naher Zukunft bereuen.
Konfuzius

Für mich ist der Semesterstart immer ein wenig schwierig. Das Umschalten von Ferien mit all den Annehmlichkeiten (das fängt ja schon beim Aufstehen an) zum mehr oder weniger geregelten Studienalltag gelingt anderen wesentlich besser. Auf der einen Seite spüre ich schon Lust und Motivation endlich weiterzumachen (man will ja mal fertig werden), aber der erste Blick auf den Stundenplan verursacht in mir ein unbehagliches Gefühl von Unsicherheit und leichter Angst. Einfacher wird's nicht! Okay Ben, das schaffst du! So ein wenig Selbstmotivation vor dem Spiegel hat noch nie geschadet. Und ein paar Sachen sind ja auch dabei, auf die ich mich echt freue: Kulturgeschichte, Projektmanagement und vor allem die Fortsetzung der Sprachausbildung. Auf dem Gymnasium habe ich angefangen, spanisch zu lernen. Es hat sogar richtig Spaß gemacht. Und wer weiß, vielleicht kann ich diese Kenntnisse bald gut gebrauchen. Ich kann mir vorstellen, nach dem Studium für ein paar Jahre in einem Entwicklungsprojekt in Lateinamerika zu arbeiten, Bolivien oder Ecuador, das wäre schon was. Ich habe geträumt, wie ich, mit T-Shirt, Bermudas und Sneakers bekleidet, vor einer nicht zu überschauenden Menge von Kindern stehe und jedem Einzelnen das Schreiben beibringen soll. Eine halbe Ewigkeit laufe ich durch die Reihen und erzähle immer das Gleiche. Am Ende angekommen falle ich erschöpft auf eine weiche Wiese und schlafe sofort ein. Ein ohrenbetäubender Lärm erweckt mich und nun wollen mir alle Kinder zeigen, dass sie mühelos die Buchstaben des Alphabets schreiben können. Ich freue mich riesig und zur Belohnung gehen wir alle in einen kristallklaren Bergsee baden. Die Abkühlung tut gut. Beim Auftauchen erwache ich aus dem Traum und habe tatsächlich ein paar Tropfen auf der Stirn. Ich bin noch ganz durcheinander und überlege, ob ich da gerade ein Stück Zukunft geträumt habe. Ich weiß gar nicht mehr genau, wie ich darauf gekommen bin. Als ich in der zehnten Klasse war, wohnte bei den Nachbarn auf der anderen Straßenseite eine Austauschschülerin aus Argentinien. Wir waren zwar nicht in der gleichen Klasse, haben aber trotzdem viel Zeit gemeinsam verbracht. Julieta sah nicht nur gut aus. Sie hatte mir auch viel von ihrer Heimat erzählt, von den schwierigen Lebensbedingungen und dem täglichen Kampf um Nahrungsmittel. In der zwölften Klasse mussten wir einen Bericht über das Leben in einem Dorf in Bolivien schreiben. Das Dorf war Teil eines Entwicklungsprojektes von World Vision, was größtenteils über Patenschaften mit ausgewählten Kindern funktioniert. Es ist noch nicht lange her, da habe ich im Internet einen Film über die Arbeit von Entwicklungshelfern in Afrika gesehen. Es ist schon komisch. Ich merke immer mehr, wie die Gedanken daran meine Arbeit und mein Handeln, ja sogar meine Interessen beeinflussen. Geografie, Geschichte, Kultur bis hin zur Politik. Alles spannende Themen. Aus den bisherigen Erfahrungen des Studiums ist mir eines klargeworden. Ohne ein gutes Projektmanagement wirst du keinen Erfolg haben. Und das ist ja bekanntlich ein ziemlich weites Feld. Als ob das Leben nur aus Projekten besteht. Na ja. Immer noch sitze ich vor dem neuen Stundenplan und studiere die Lehrveranstaltungen. Ich habe voriges Semester eine Methode entwickelt, die mir helfen soll, meine Zeit effektiver zu nutzen. Es gibt Lehrstoff, da kann man mich eine Woche einschließen, ich kapiere das einfach nicht. Dafür gibt es andere Themen, an denen könnte ich tagelang arbeiten, so viel Spaß macht das. An die Außentür meines Kühlschranks klebe ich den auf A3 vergrößerten Stundenplan. Dann bekommt jedes Fach entweder einen roten, gelben oder grünen Sticker. Visualisieren heißt das Stichwort! Und hier die Gebrauchsanweisung für Nachahmer: Bei ROT musst du durch, sorry! Bei GELB bemühe dich, es besteht noch Hoffnung! Aber GRÜN ist dein Fach. Gib dein Bestes! So einfach ist das Ben.

ZWEIFEL

Ein Freund ist ein Mensch, vor dem man laut denken kann.
                              Ralph Waldo Emerson

Was, du bist nicht bei Facebook? Nein, bin ich nicht. Das glaub' ich nicht. Ist aber so. Immer wenn mich Leute so fragen, sage ich ihnen, dass ich keinen Nutzen für mich persönlich sehe. Jedenfalls noch nicht. Ich mag es nicht, wenn ich fremdbestimmt werde. Da schwimme ich auch mal gegen den Mainstream. Früher habe ich mich das selten getraut. Da dachte ich, tue das was die anderen tun, damit du dazugehörst und Anerkennung erhälst. Heute sehe ich in den Spiegel und stehe zu dem, was ich mache. Ich glaube, nur so kann jemand seinen eigenen Weg finden. Kritik oder Unverständnis sind nichts Angenehmes, aber da muss ich dann durch. Genau daran bin ich gewachsen und selbstbewusster geworden. Aber der Weg ist noch weit, das weiß ich. Viele Freunde bei Facebook zu haben ist cool und sicher ein gutes Gefühl. Aber es sind eben in der Mehrzahl virtuelle Freunde. Die Beziehungen sind meist oberflächlich. Und wer will schon seine wirklichen Probleme mit einer weltweiten Community diskutieren? Reale, richtige Freunde sind hier, wenn ich sie brauche. Es gibt viele Wege der Kommunikation, Facebook ist einer davon. Was würde ich überhaupt von mir preisgeben wollen? Interessen, Charaktereigenschaften, Freunde, Studium. Klar, ich muss es nicht. Aber lebt nicht Facebook gerade davon, dass ich als der erscheine, der ich bin? Wie sagte Bischof Reinelt in seiner Predigt auf dem Kirchentag? Eins sein, authentisch sein. Dazu gehört auch ein Foto. Ich habe im Internet einen Beitrag gelesen, dass es mit einer App auf dem Handy möglich ist, Gesichter zu scannen. Ein Abgleich mit der Facebook-Datenbank liefert in Sekundenschnelle Name, Wohnort und Eigenschaften der Person. Aber hallo! Ich sehe mich schon im Club sitzen und am Nachbartisch tuscheln zwei Freundinnen, zu welcher von den beiden ich wohl besser passen würde. Die Lösung ist einfach. Stelle ein Foto ins Netz, auf dem dich keine noch so geniale Software identifizieren kann. Wie wär's zum Beispiel mit dem Kamel vom letzten Zoobesuch. Da kommt mir spontan eine Idee. Gibt es eigentlich schon facebook for animals? Ich stelle mir gerade Nachbars Kater vor. Tolles Profil. Und die Fotos erst! Charly beim Fressen. Charly an der Gardine usw. Zu wie vielen Freunden würde es Charly wohl bringen? Stopp mal. Damit kein falscher Eindruck entsteht. Ich bin nicht gegen Facebook. Ganz im Gegenteil. Für Unternehmen, Unis oder Einzelprojekte ist die Plattform super geeignet, aktuelle Angebote und Botschaften zu vermitteln. Die sind im öffentlichen Teil ja auch für alle sichtbar. Ich denke da an die Facebook-Seiten meiner Hochschule oder an das studentische Projekt „Studierende beraten Studierende". Studis aus dem dritten Semester arbeiten als Mentoren und bieten den Erstis ihre Hilfe an. Moment. Es klopft an der Tür. Matze holt mich ab. Wir fahren mit seinem alten Opel Astra nach Zittau. Die Beule im hinteren Kotflügel lässt ihn ruhiger schlafen, wenn die Karre nachts draußen auf der Straße vor dem Wohnheim steht. Im Zittauer Theater ist ein Mal im Monat Studententag. Wann sonst bekommt man Kabale und Liebe für drei Euro zu sehen. Drama in fünf Akten von Friedrich Schiller. Ihr erinnert euch? Sogar Platzkarten. Neben mir sitzt Anne. In der Pause erfahre ich von ihr, quasi im Speed-Dating, dass sie Naturwissenschaften studiert. Biotechnologie. Finde ich cool. Matze kann sich ein Grinsen nicht verkneifen. Ist mir egal. Ich weiß, was er denkt. Seit Monaten gebe ich den überzeugten Single. Genauer gesagt, seit meiner Trennung von Caroline. Fernbeziehungen sind eben nicht mein Ding. Zurück in Görlitz hat der Tag noch ein paar Minuten. Das Theater war echt klasse. Wiederholungsbedürftig. Anne ist noch immer in meinem Kopf. Spontan lade ich Matze auf ein Bier in die Maus ein, dem Studentenclub im Wohnheim. Das Beste an ihm ist, er kann zuhören und stellt keine blöden Fragen. Ein realer Freund, dem ich vertraue.

UMFELD

Gelassenheit ist die angenehmste Form des Selbstbewusst-
seins.   *Marie Freifrau von Ebner-Eschenbach*

Ich sitze vor einer Schüssel Cornflakes mit kalter Milch. Es ist kurz vor Mittag. Mein Kopf erinnert mich gnadenlos an den gestrigen Besuch im Studentenclub. Und dabei habe ich mit einer Disziplin wie selten zuvor nur Bier getrunken, nichts Gemixtes und keine harten Sachen. Ohne drei Tassen Kaffee komme ich wohl heute nicht in die Gänge. Doppelte Menge Bohnen, halb soviel Wasser. Das hilft immer. Ich fasse einen folgenschweren Entschluss. Folgenschwer allerdings nur für meinen inneren Schweinehund. Ich werde meine Bude aufräumen und gründlich saubermachen. Mein Gott wie oft habe ich das schon verschoben. Nur gut, dass meine Mutter lange nicht mehr hier war. Überhaupt waren meine Eltern erst ein Mal in Görlitz, kurz nach dem Einzug ins Wohnheim zu Studienbeginn. Sie waren ganz angetan von der Stadt mit den renovierten Häusern, die vor allem der Altstadt mit den engen Gassen und vielen kleinen Kneipen ein gewisses Flair verleihen. Hin und wieder sieht man in den langen Häuserreihen ein verfallenes, unbewohntes Haus. Da kann man sich in etwa vorstellen, wie die Görlitzer Innenstadt vor über zwanzig Jahren ausgesehen haben muss. Das Ende der DDR war gleichzeitig der Anfang des Neuaufbaus. Görlitz ist eine deutsch-polnische Doppelstadt. Mein Vater hat schnell herausgefun-

den, dass es jenseits der Neiße in Zgorzelec preis-
wertes Benzin und billige Zigaretten gibt. Mir nutzt
das wenig. Ich habe kein Auto und bin konsequen-
ter Nichtraucher. Na ja höchstens mal eine Selbst-
gedrehte und das auch nur zu besonderen Anläs-
sen. Toms zwanzigster Geburtstag war so einer.
Aber es hat schon was, wenn ich vom Wohnheim
neben der Peterskirche den Berg hinuntergehe und
ohne dass mich jemand anhält über die Altstadt-
brücke nach Polen spazieren kann. Wer sich mit
Osteuropa, den Menschen und der Kultur näher
beschäftigen will, ist hier echt gut aufgehoben. Ich
kenne ein paar deutsch-polnische Studienprojekte
bei den Sozialen und im Gesundheitsbereich. Geschafft. Gratuliere Ben. Du kannst Mama wieder
einladen. Irgendwie geht Putzen leichter, wenn man
noch nicht klar denken kann. Wieder eine Erfahrung mehr, die ich aber die nächsten Monate nicht
mehr abrufen muss. Sogar mein Schreibtisch und
Teile der Liege, die eben noch fest im Besitz von
Büchern, Kopien, Kaffeetassen und Smartphone
waren, erfreuen sich wiedergewonnener Freiheit.
Die Ordnung auf dem Schreibtisch überrascht
mich selbst ein wenig. Der Anblick sortiert sogar
meine Gedanken im Kopf. Ein gutes Gefühl. Links
der hohe Bücherstapel hat alles mit Wirtschaft zu
tun. Da muss was passieren. Ich bin schon zwei

Übungen im Hängen. Ist nicht so mein Ding, muss ich selbstkritisch sagen. In der Mitte meine Recherche zum Projekt Geschichte und Interkulturalität. Das sieht schon besser aus, macht auch wesentlich mehr Spaß. Ich finde es spannend zu erforschen und zu verstehen, welche geschichtlichen Ereignisse, geplant, intrigiert oder zufällig geschehen, zu teilweise weitreichenden Folgen für ganze Völker geführt haben. Jedes Jahrhundert hat seine prägende Geschichte. Ich lese leidenschaftlich gern Bücher mit historischem Hintergrund. Ken Folletts Romane über den Kathedralenbau in Kingsbridge im zwölften Jahrhundert sind Bücher, die in meiner persönlichen Bestsellerliste ganz oben stehen. Am rechten Schreibtischrand sammle ich gerade Ideen für mein eigenes Projekt der Bücherstube. Ich bin selbst gespannt, ob das jemals Realität wird. Aber Träumen ist ja erlaubt. Da fällt mir ein, dass ich heute für Anne ein Buch zum Geburtstag besorgen wollte. Hab' ich erst gestern erfahren. Aber ich werde schon etwas Passendes finden. Ein letzter Blick auf meine glänzende Wohnstätte auf Zeit und schon sitze ich auf dem Fahrrad Richtung Innenstadt. Die Sonne kämpft sich mühsam durch die Wolken und schickt heute ihre ersten Strahlen zur Erde. So als wollte sie sagen: Guten Tag Ben. Schön, dass du da bist.

SCHILDKRÖTE

Du kannst keine Wellen stoppen, aber du kannst lernen, auf ihnen zu surfen.   *Swami Satchidananda*

Anne hat nächsten Mittwoch Geburtstag. Wir haben viel telefoniert in den letzten Wochen. Flatrate sei Dank. Ich bin mit mir selbst im Zwiespalt. Eigentlich bin ich noch gar nicht bereit für eine neue Beziehung, aber bei Anne schließe ich keine Wetten ab. Schon im Theater habe ich gespürt, dass da irgendeine Verbindung zwischen uns ist. Cool. Es macht Spaß mit ihr zu reden, zu diskutieren und sogar zu streiten. Okay, die Straßenbahn hat Vorfahrt. Zurück in die Realität, Ben. Du stehst ja schon vor der Buchhandlung in der Berliner Straße. Nachdem ich mein Fahrrad am nächsten Laternenpfahl gesichert habe, betrete ich den Laden. Ich habe keine Ahnung, was Anne für Bücher mag. Historisches, Romantik, Krimis oder Psychokram? Oder doch was zum Lachen, wo man nicht viel nachdenken muss. Ich gehe durch die Regale und lasse mich vom Bauchgefühl leiten. „Das Café am Rande der Welt?" Da wäre ich jetzt gern. Dieses kleine Büchlein mit einem Haus und einem Auto in einer unendlichen Landschaft auf der Vorderseite macht mich neugierig. Es nervt mich immer, wenn die Leute vor dem Regal stehen bleiben und ewig in den Büchern lesen, die sie dann doch nicht kaufen. Jetzt bin ich selbst einer von denen. Auf Seite 53 bleibe ich hängen. Casey erzählt einem Gast folgende Geschichte. „Ich war 30 Meter vom Strand entfernt und tauchte gerade an einigen großen Felsen hinunter, als ich eine große grüne Meeresschildkröte erblickte. Ich beobachtete sie eine Weile, während sie um eine Koralle herumpaddelte und versuchte ihr zu folgen, als sie vom Ufer fortschwamm. Überrascht stellte ich fest, dass ich gar nicht mit ihr mithalten konnte. Wie war das möglich? Wenn sich eine Welle auf das Ufer zubewegte und der Schildkröte ins Gesicht schwappte, ließ diese sich treiben und paddelte gerade so viel, um ihre Position zu halten. Wenn aber die Welle wieder zum Ozean hinausströmte, paddelte sie schneller, um die Bewegung des Wassers zu ihrem Vorteil zu nutzen. Die Schildkröte kämpfte nie gegen die Wellen an, sondern nutzte sie für sich. Ich konnte nicht mit ihr mithalten, weil ich die ganze Zeit strampelte, egal in welche Richtung das Wasser strömte. Während eine Welle nach der anderen zum Ufer rollte und wieder zurückströmte, wurde ich immer erschöpfter und schwamm weniger effektiv. Die Schildkröte dagegen passte ihre Bewegungen den Wellen optimal an und kam schneller vorwärts als ich. Sie lehrt uns folgendes: Wenn man nicht auf das ausgerichtet ist, was man gerne macht, wird man seine Energie mit einer Menge anderer Dinge verschwenden. Wenn sich dann die Gelegenheit bietet, das zu tun, was man gern macht, hat man vielleicht nicht mehr die Kraft oder die Zeit dafür." Interessant. Aber ich verschenke keine Bücher, über die ich selbst erstmal nachdenken muss. Hinter mir hängt die Bestsellerliste der meist verkauften Taschenbücher. Ziemlich in der Mitte lese ich „Plötzlich Shakespeare" von David Safier. Die Kurzbeschreibung auf der Rückseite klingt vielversprechend, aber das ist sie ja immer. Eine unterhaltsame Viereckskomödie über fast ein halbes Jahrtausend hinweg. Rosa findet sich nach einer Hypnose in ein früheres Leben versetzt, ausgerechnet in den Körper von William Shakespeare. Sicherheitshalber befrage ich die Barcode-App auf meinem iPhone. Eine wirklich nützliche App, die mir schon gute Dienste beim Preisvergleich geleistet hat. Einmal wollte ich im Elektromarkt eine Kaffeemaschine kaufen. Der online-Preischeck live vor dem Regal im Geschäft hat mir davon abgeraten – zehn Euro gespart. Der Scan des Codes auf der Buchrückseite klappt problemlos und das Ergebnis ist beruhigend. Fast nur positive Bewertungen, guter Schreibstil, unterhaltsam und witzig. Eine nette Verkäuferin fragt mich, ob sie das Buch als Geschenk einpacken soll. Ja klar, gute Idee. Ich verlasse den Buchladen und radle zufrieden zurück ins Wohnheim. Volle Konzentration auf die Projektarbeit. Ben, denk' an die Schildkröte. Du bist auf der Welle.

TEAMGEIST

Jedermann kann für die Leiden eines Freundes Mitgefühl aufbringen. Es bedarf aber eines wirklich edlen Charakters, um sich über die Erfolge eines Freundes zu freuen.

Oskar Wilde

Die Zwischenverteidigung läuft viel besser als die Auftaktpräsentation vor ein paar Wochen. Das haben wir Florian zu verdanken. Seit er im Team ist, geht es voran mit dem Projekt. Unsere Professorin sparte damals nicht mit kritischen Worten. Ich habe mich gemeinsam mit Jana und Susanne um das Thema „Vergleich des Stadtmarketings von Dresden und Görlitz" beworben. Zur Auswahl standen die Bereiche Wirtschaft und Tourismus. Wir fanden Tourismus spannender. Klingt zwar ein wenig wie Urlaub, ist aber echt schwierig, wie sich später herausstellte. Ich kenne Jana und Susanne gut. Wir sind Freunde und helfen uns gegenseitig, um möglichst gut über die Runden zu kommen. So komisch das klingen mag, wir ticken irgendwie alle gleich. Unsere Ähnlichkeit ist unser Problem im Projekt. Wir haben nahezu gleiche Ideen, finden den erstbesten Weg gut und in der Tiefe fällt keinem was wirklich Zündendes ein. Es will sich auch keiner so richtig den Hut aufsetzen, um die anderen beiden nicht herabzustufen. So ein Schwachsinn. Ein verhängnisvoller Gleichschritt, der in die Sackgasse führt. Florian ist unsere Rettung. Dabei ist es einem für uns glücklichen Zufall zu verdanken. Seine Gruppe hat sich quasi aufgelöst, als Tom das Studium abbricht und Paul ins Urlaubssemester verschwindet. Florian ist ein verrückter Typ, den fast

nichts aus der Ruhe bringt. Aber auch ein Spinner —
im positiven Sinne. So eine Mischung aus Stefan
Raab und Helge Schneider. Schon die erste Team-
beratung läuft anders. Florian kommt genau das be-
rühmte akademische Viertel zu spät. Dafür hat er
den Toaster aus der WG-Küche und Omas selbst-
gemachte Erdbeermarmelade dabei. Es könnte ja
länger dauern, meint er entschuldigend. Das tut es
dann auch. Seine Ideen sind so ausgefallen wie sein
Einstieg ins Team. Unser Thema bekommt eine
Struktur, so etwas wie einen roten Faden. Und mit
einem Mal verbreitet sich Zuversicht und Kreativität. Es macht wieder Spaß. Jana, Susanne und ich
sehen uns an und stellen verwundert fest, dass wir
doch nicht so gleich sind wie wir anfangs wahrge-
nommen haben. Jana ist ein Ass im Analysieren
und der Datenaufbereitung. Ich schreibe den Bericht und unser Entertainer Florian überzeugt die
Professorenschaft in der Zwischenverteidigung mit
einer gelungenen Präsentation. Fast hätte ich es
vergessen zu sagen, Susanne ist unsere Teamleiterin
und hat eines geschafft. Florian ist heute pünktlich.
Nein, nicht zur Beratung, sondern zum Feiern im
Studentenclub. Wie man richtig feiert, wenn man
ein großes Ziel erreicht hat, habe ich bei Nicole er-
lebt. Nicole habe ich voriges Semester in Berlin
kennengelernt. Ein paar Studenten von uns waren

dort zu einem Workshop über Demografie und West-Ost-Mobilität eingeladen. Nicole studierte in Leipzig und stand kurz vor dem Abschluss ihres Masterstudiums. Zu meiner großen Überraschung signalisierte mir der Posteingang meiner E-Mail-Box kurz vor den Sommerferien „Sie haben Post von Nicole." Sie hat es tatsächlich wahrgemacht und mich zu ihrer Masterparty an den See eingeladen. Jeder sollte etwas Originelles beitragen. Also nehme ich meine schon etwas verstaubte Gitarre von der Wand und los geht's. Ganz wohl ist mir nicht dabei. Aber die Location ist genial. Wasser, Wald, Sportanlage, Feuerstelle. Es wird eine tolle Party mit einer gelungenen Überraschung. Gegen Abend taucht wie zufällig eine Theatergruppe auf und spielt auf einer improvisierten Waldbühne Sketche aus dem Studentenleben. Das Studentenleben ist anscheinend doch überall gleich. Später erzählt uns Nicole, dass sie die Gruppe als Uniprojekt gegründet und geleitet hat. Ich bin total beeindruckt. Auf der Rückfahrt nach Görlitz starre ich verträumt aus dem Fenster und muss an mein eigenes Buchprojekt denken, was seit einiger Zeit in meiner Gedankenwelt vor sich hindümpelt. Gut, ich kämpfe noch mit dem Bachelor und bekanntlich ist ja noch kein Master vom Himmel gefallen. Bleib gelassen Ben. Alles hat seine Zeit.

EMPATHIE

Man sollte nie so viel zu tun haben, dass man zum Nach-
denken keine Zeit mehr hat.   *Georg C. Lichtenberg*

Das Wartezimmer beim Arzt ist voll. Es ist nicht die nervige Erkältung, die mich herführt, sondern die seit Tagen anhaltenden Magenschmerzen. Vom Kopf ganz zu schweigen. Speicherüberlauf. Die Aufgaben häufen sich, viele Termine sind längst überschritten. Erst die nachgeschriebene Prüfung, weil ich damals krank war, dann das fächerübergreifende Projekt, der Beleg, die Seminarvorbereitungen und oben drauf auch noch die Vorbereitung der Exkursion nächstes Wochenende. Ich habe das Gefühl, nicht mehr fertig zu werden. Ich will alles gleichzeitig schaffen und kann mich kaum auf eine Sache konzentrieren. Immer wieder muss ich an die Schildkröte denken, die kräfteschonend mit der Welle schwimmt. Der Arzt schüttelt den Kopf. „Das ist keine Magenverstimmung. Da spielen wohl die Nerven nicht mehr mit. Ich verschreibe Ihnen ein Antidepressivum." Ich bin schockiert. Sofort war klar: Die nehm' ich nicht. Ich bin doch kein Psycho. Am nächsten Morgen hat sich nichts geändert. Draußen ist es immer noch dunkel, obwohl es schon kurz vor Mittag ist. Ich schleiche ins Bad und schaue in den Spiegel. Oh nein Ben, das bist du nicht wirklich. Der optische Schock verstärkt das emotionale Empfinden. Ich rufe Anne an. Hoffentlich hat sie ihr Handy in Reichweite. Beim zweiten Klingeln geht sie ran. Ich bin erleichtert. Schon nach meinen ersten Worten unterbricht sie mich und fragt, „Alles okay mit dir Ben?" Von wegen. Anne ist immer so nett und einfühlsam. Sie merkt schnell, wie es anderen geht und findet in fast jeder Situation die richtigen Worte. Ich muss aufpassen, dass ich mich nicht verliebe. Was wäre daran so schlimm? Nichts, außer der Enttäuschung, wenn es wieder keine dauerhafte Beziehung wird. „Hol mich ab, wir fahren ins Zittauer Gebirge. Dann kannst du mir alles in Ruhe erzählen." Annes Spontanität überrascht mich immer wieder. Ich weiche aus und verweise auf das Wetter. Es gibt kein schlechtes Wetter, nur ein falsches Outfit. Also krame ich meine abgetragene Wolfskinjacke heraus. Eine Stunde später wandern wir auf den Hochwald. Es fängt an zu nieseln, aber das stört uns nicht. Ich versuche ihr zu erklären, was los ist. Statt einer Antwort erzählt mir Anne ihre Geschichte. „Ich hatte gerade mein Studium in Zittau begonnen, da rief mich meine Mutter an. An ihrer Stimme erkannte ich sofort, dass etwas Schlimmes passiert sein musste. Steven hatte einen Unfall. Steven ist mein Cousin und ein echter Freund. Wir wohnten früher in der gleichen Straße und verbrachten fast unsere ganze Kindheit zusammen. Seine Leidenschaft war das Motorrad. Er fuhr rasant, aber nicht leichtsinnig. Und trotzdem ist dieser schreckliche Unfall passiert, weil ihm ein Laster die Vorfahrt nahm. Er hat großes Glück gehabt, aber sein rechtes Knie sah schlimm aus. Ich bin so schnell ich konnte ins Krankenhaus gefahren. Steven ging es so ähnlich wie dir jetzt. Er war am Boden zerstört. Traurig und wütend zugleich. Er tat mir so leid. Ich wusste, er will Rennfahrer werden oder, wenn das nicht klappt, im Motorsport arbeiten. Die Ärzte haben getan, was sie konnten. Vor allem haben sie ihm Hoffnung gemacht, dass er es schaffen kann. Aber nur, wenn er weiter an seinen Traum glaubt und das Ziel fest im Auge behält. Was soll ich dir sagen Ben, die Reha war anstrengend, manchmal brutal, aber Steven hat es geschafft. Wir haben viel zusammen geredet. Ich habe ihm immer wieder Mut gemacht und gesagt, wenn deine Gedanken positiv sind, wird dein Wille stark genug sein, um den Körper zu heilen. Ich bin keine Psychologin, aber ich glaube, die Einheit von Körper und Geist haben ihn aus seinem seelischen Tief geführt." Fast unbemerkt sind wir auf dem Gipfel angekommen. Obwohl ich keinen Hunger verspüre, bestelle ich in der Baude eine klare Gemüsesuppe. Mit dem Löffel schiebe ich die Karotten beiseite und kann bis auf den Boden des Tellers sehen. Anne lächelt mich an und kann bestimmt meine Gedanken lesen. Danke.

44

ALPTRAUM

Ein Traum ist unerlässlich, wenn man die Zukunft gestalten will.

Victor Hugo

Wo kommt nur dieser Lärm her? Ich bin einge-
schlafen. Als ich meine Augen einen Spalt öffne,
sitze ich in einem Flugzeug in der letzten Reihe.
Außer mir ist niemand da. Die Geräusche werden
leiser, die Geschwindigkeit immer geringer. Wir
sind gelandet, aber ohne den typischen Stoß, den
man spürt, wenn die Räder auf der Erde aufsetzen.
Plötzlich steht eine freundliche Stewardess vor mir
und fordert mich auf auszusteigen. Wo sind wir?
„Auf Wolke sieben." Ich schaue aus dem Fenster
und traue meinen Augen nicht. Schneeweiße Cu-
muluswolken so weit ich blicken kann. Wir sind
tatsächlich auf einer Wolke gelandet. In zehntausend Meter Höhe. Es gibt keine Gangway. Ich glei-
te die Rutsche hinunter, die für Notlandungen vorgesehen ist. Ich spüre nichts. Wie in Trance. Der
Vorteil ist, dass ich keine Angst habe. Der Nachteil,
dass ich die Situation nicht einordnen kann. Was
mach' ich hier? So ganz allein. Während mein Be-
wusstsein ganz allmählich zurückkehrt, passiert etwas Merkwürdiges. Aus dem makellosen Weiß der
Wolken tauchen schwarz gekleidete Gestalten auf,
die sich wie in einem Theaterstück zu Szenen for-
mieren. Wie gelähmt stehe ich noch immer am Ende der Rutsche, als ich von Innen heraus einen Im-
puls spüre. Ich mache einen Schritt nach vorn und
beginne zu schweben. Ein Gefühl wie beim Gleit-

schirmfliegen. Ich steuere direkt auf die Wolke links vor mir zu. In dem Moment, als ich meine Füße auf eigentlich Nichts aufsetze, erkenne ich die Gesichter. Es sind meine Eltern. Mutter sitzt vor dem Fernseher und blättert im Fotoalbum. Mein Vater arbeitet in der Werkstatt. Als ich Kind war, haben wir gemeinsam eine Bretterbude im Garten für mich gebaut. Wann war ich eigentlich das letzte Mal zu Hause? Die Szene wird blasser und verschwindet schließlich ganz. Auf der nächsten Wolke erwarten mich meine Freunde. Die Kumpels aus der Jugend genauso wie meine Freunde und Bekannten aus der Uni. Ich sehe unsere gemeinsamen Erlebnisse: Partys, Kletterwochenende im Elbsandsteingebirge, Paddeln auf der Neiße, selbst mein kurzes Gitarrengastspiel in der Studentenband. Ist das wirklich schon so lange her? Ich fühle mich elend. Und ich habe Angst, als ich die dritte Wolke betrete. Nach kurzem Zögern öffne ich die Augen. Ich stehe vor einem großen Spiegel. Die Person, die mich ansieht, hat nichts mit Ben gemeinsam. Augenringe, fettige Haare, hängende Schultern und ein starrer Blick, der ins Leere schaut. Neben diesem Geist ist ein weiterer Spiegel zu sehen, der hinter mir stehen muss. Darin läuft ein Video, das den wahren Ben zeigt. Lachend und voller Unternehmungsgeist. Ich will so schnell wie möglich weg von hier. Und finde mich in einem engen Zimmer wieder. Alle Wände sind mit Büchern bis zur Decke zugestellt. Das Fenster ist kaum noch zu erkennen. Die Luft wird immer dünner. Nur die Tür ist noch frei. Doch seit gestern stapeln sich auch davor schon die ersten Bücher. Genau in dem Moment, in dem sich Platzangst und Panik zu verselbständigen drohen, öffnet sich der Fußboden. Es ist als ob die Sonne die Wassermoleküle zum Verdunsten bringt. Ich verliere den Halt und kann gerade noch das Ende eines herabhängenden Fadens fassen. Ganz langsam bewege ich mich nach unten. Als ich zurückblicke, sehe ich, dass der Faden aus der Wolke gesponnen wird, die dadurch immer kleiner wird. Ich habe es befürchtet. Er reicht nicht bis zur Erde. Ich hänge fest - zu hoch, um einfach loszulassen. Aber mir fehlt die Kraft, um wieder nach oben zu klettern. Wieder erfasst mich große Angst. Da sehe ich, wie Feuerwehrleute unter mir ein Sprungtuch ausrollen. Das Tuch kommt langsam näher, sodass ich die Gesichter der Menschen unter mir erkennen kann. Eltern, Freunde, Bekannte. Ich bin erleichtert und lasse ich den Faden los, an dem ich die ganze Zeit gehangen habe. Ganz langsam wache ich auf. Ich liege ausgestreckt auf dem Bett, die Arme über dem Kopf, Schweißtropfen auf der Stirn.

ERWACHEN

Verbessert man seine Schwächen, wird man mittelmäßig.
Stärkt man dagegen sein Stärken, wird man einzigartig.
Eckart von Hirschhausen

Das Wetter meint es gut in diesem Jahr. Für Anfang Dezember ist es viel zu warm. Es ist Samstagnachmittag und ich bin mit dem Fahrrad unterwegs zum Berzdorfer See. Ich will nicht, dass jemand mitkommt. Ich muss über manches nachdenken. Oh Gott, was haben sie alle auf mich eingeredet. Anne, Matze, meine Eltern. Es hat mich einiges an Überwindung gekostet, das gebe ich gern zu. Ein Termin bei der psychosozialen Beratung ist wie ein Eigentor im Fußball. Du willst das nicht wahrhaben. Die Psychologin vom Studentenwerk hat mir geduldig zugehört und dann Fragen gestellt. Viele Fragen. Was Coaching ist, weiß ich – aber Selbst-Coaching? „Ben, versuchen Sie ihr eigenes Lernverhalten zu reflektieren. Entdecken und fördern Sie Ihre Stärken, die sich mit den Interessen und Zielen decken. Arbeiten Sie weniger an Ihren Schwächen." Mein Einwand, dass ich bisher nur sehr wenig erfolgreich darin war, lässt sie nicht gelten. Auch noch so alte Gewohnheiten kann man ändern. Ich steuere auf die einzige freie Bank am Nordstrand zu. Die Fahrt auf dem Neißeradweg fühlte sich gut an. Ich spüre, wie die Kräfte in meinen Körper zurückkehren. Ein gutes Gefühl. Nicht mehr lange und die Sonne wird hinter der Landeskrone untergehen. Windstille. Im Wasser spiegelt sich der bewaldete Westhang des Sees. Meine Gedanken wandern ganz langsam in die Schatzkiste der angenehmen Erinnerungen. Ich stehe neben meinen Eltern an Land's End und blicke hinaus auf die unendliche Weite des Atlantiks. Von diesem Familienurlaub in England habe ich noch erstaunlich viele Erinnerungen. Ich war damals sechzehn Jahre alt. Land's End ist der westlichste Punkt Englands und liegt in Cornwall. Die Felsen der Steilküste ragen aus dem Meer heraus oder tauchen in dieses hinein. Alles eine Frage der Perspektive. Von hier oben sieht alles noch weiter und grenzenloser aus. Irgendwo da hinten, wo Wasser und Himmel sich die Hände reichen, liegt Nordamerika. Ein Wegweiser neben mir will wissen, dass es 3147 Meilen bis New York sind. Nicht weit von hier starteten englische Auswanderer vor mehreren hundert Jahren, um in Amerika ihr Glück zu suchen. Die Erinnerung an das legendäre Segelschiff Mayflower, das 1620 ablegte, wird besonders in Plymouth am Leben gehalten. Wir haben Glück mit dem Wetter. Die etwa 50 Kilometer vor dem Festland liegenden Islands of Scilly sind gerade noch zu erkennen. Dagegen ist der Leuchtturm, der auf einem aus dem Wasser ragenden Felsen vor der Küste gebaut wurde, zum Greifen nah. Während meine Gedanken noch weit weg sind, meldet sich mein Körper zurück in die Gegenwart. Ich habe Durst, kann aber die Wasserflasche nicht finden. Das Bild von Land's End sorgt für eine gewisse Klarheit in meinem Kopf. Ich schiebe alle Aufgaben, Projekte und Probleme beiseite. Mein virtueller Schreibtisch sieht jetzt aus wie der Blick auf den Atlantik. Ich nehme mir vor, genau wie der Leuchtturm fest verankert in der Mitte steht, mich auf das Wichtigste zu konzentrieren, ohne aber die verschwommene Insel in der Ferne aus dem Blick zu verlieren. Das ist leichter gesagt als getan und ehrlich gesagt ist es das erste Mal, dass ich mir das überhaupt bewusst vornehme. Matze, der angehende Psychologe und mein Berater in schwierigen Situationen, sagt immer, das Gehirn liebt es zu visualisieren. Er meint damit, dass es Erfahrungen und Erinnerungen gern in Bildern speichert. Bilder können leichter mit Emotionen verknüpft werden. Langsam glaube ich, dass er Recht hat. Höchste Zeit für die Rückfahrt. Ich bin mir gar nicht sicher, ob das Licht am Fahrrad in Ordnung ist. Mein eigener Drahtesel, der schon so viel mitgemacht hat, ist schon seit ein paar Wochen in der Werkstatt. Aber keine Sorge. Tom ist ein ganz Korrekter. Er hätte mir sein Rad sonst nie geliehen. Er schreibt an seiner Bachelorarbeit und hat hier an der Uni gelernt, die wirklich wichtigen Dinge zu erkennen und sich darauf zu konzentrieren.

ZEICHEN

Verantwortlich ist man nicht nur für das, was man tut, sondern auch für das, was man nicht tut.   *Laotse*

Es könnte ein wunderbarer Tag werden. Ich bin ausgeschlafen und fühle mich gut. Mitten beim Frühstück erreicht die Sonne mein Zimmerfenster. Ein herrlicher Wintertag mit Temperaturen knapp über dem Gefrierpunkt und wolkenlosem Himmel ist am Start. In zwei Stunden beginnt meine Beleg-verteidigung. Ich mache mich zu Fuß auf den Weg zum Campus. Wie immer gehe ich die Peterstraße vor zum Untermarkt und dann die Abkürzung durch den Stadtpark. Auf dem Flur vor dem Semi-narraum kommt mir eine lächelnde Melanie entge-gen. Sie ist mit ihrer Präsentation zufrieden. Ich bin der Nächste. Es ist üblich, dass außer den Profs auch Mitarbeiter und Kommilitonen als Zuhörer dabei sind. Die Technik funktioniert. Meine Folien erscheinen auf der Leinwand. Jetzt merke ich doch, dass ich ganz schön aufgeregt bin. Die Hände zit-tern leicht und meine Herzfrequenz will ich gar nicht wissen. Doch dann geschieht etwas Merk-würdiges. Nach den ersten paar Minuten spüre ich eine wohltuende Sicherheit, die innere Ruhe kehrt langsam zurück und meine eingeübten Sätze gehen mühelos über die Lippen. Ich sehe in interessierte, aber dennoch entspannte Gesichter, auf denen so-gar mal ein Lächeln zu sehen ist. Einen kurzen Moment habe ich Zeit, mich zu freuen, dass sich meine Anstrengungen gelohnt haben. Seit ein paar

Wochen arbeite ich daran, meine Arbeits- und Lernmethoden zu verändern. Matze, Anne und ein paar andere Freunde helfen mir dabei. Es begann beim letzten Besuch zu Hause. Meine Eltern waren mit Freunden unterwegs, sodass ich Zeit hatte, in meinen Hinterlassenschaften aus der Jugendzeit zu stöbern. Da fiel mir der Alchimist in die Hände. Ein kleines Büchlein von Paulo Coelho. Ich habe das Buch zum Schulabschluss von meiner Patentante geschenkt bekommen habe. Auf der Rückfahrt nach Görlitz habe ich es im Zug ein zweites Mal gelesen. Die Geschichte hat mich dieses Mal wesentlich mehr zum Nachdenken gebracht als damals. Ein Hirtenjunge aus Andalusien hat in seiner Heimat in einer alten Kirche einen Traum. Demnach wird er bei den Pyramiden einen Schatz finden, der ihn reich machen wird. Er weiß nicht, was er machen soll. Als sich der Traum in der nächsten Nacht wiederholt, beschließt er, ihm zu folgen. Der Hirte verkauft seine Herde und macht sich auf den weiten Weg nach Ägypten. Er kennt sein Ziel, aber nicht den Weg dorthin. Dankbar nimmt er die Hilfe fremder Menschen an. Das Entscheidende, was ihn schließlich zum Ziel führt, ist seine Fähigkeit, die Zeichen und Botschaften entlang des Weges zu erkennen und ihnen zu folgen. Das Ende der spannenden Geschichte ist überraschend. Der Schatz bei den Pyramiden ist eine Information. Eine Truhe mit Gold ist ausgerechnet in jener Kirche vergraben, in der der Junge am Anfang den Traum hatte. Aber wie soll **ich** die Zeichen auf meinem Weg, die Ideen und Lösungen für meine Aufgaben wahrnehmen? Wir haben dieses Thema oft diskutiert. Matze ist da ein super Partner. Es sind wohl vor allem zwei Dinge, die ich beachten muss. Die Sprache meines Unterbewusstseins und Achtsamkeit. Das Unterbewusstsein arbeitet Tag und Nacht. Es ist der Speicherort für Erfahrungen, Gewohnheiten und Glaubenssätze. Es kann unglaublich viele Informationen aus der Umgebung unbewusst empfangen und verarbeiten. Und es sendet die Zeichen aus, die mir meinen Weg weisen können. Was ich üben muss, ist achtsam zu sein, offen zu sein für neue Dinge. Ich war in den Sommerferien als kleiner Junge oft bei den Großeltern auf dem Land. Wie sagte mein Großvater doch gleich? „Junge, das Geld liegt auf der Straße, du musst es nur aufheben." Was mir Opa damals nicht verraten hat: Man muss hin und wieder auch nach unten sehen, um es zu finden. Am Ende dieses sonnigen Tages bin ich sehr zufrieden. Eine glatte Eins für die Verteidigung. Und es hat sogar Spaß gemacht. Ein Zeichen! Darauf lässt sich aufbauen.

ENTSPANNEN

Ein neues Jahr, ein neues Jahr, was werden die Tage bringen? Wird's werden wie es immer war, halb scheitern, halb gelingen?
Theodor Fontane

Noch ein paar Tage, dann ist es geschafft. Die Weihnachtsferien sind für mich immer so ein markanter Punkt, an dem ich das Gefühl habe, der Speicher für neues Wissen meldet Überlauf. Das ist wie im Bücherregal rechts neben meinem Schreibtisch. Ständig packe ich neue Bücher, Zeitschriften und Ordner mit ach so wichtigen Unterlagen hinein. Das geht so lange gut, bis nichts mehr geht. Dann muss ich sortieren, verschieben (in Kisten, die im Flur im Weg stehen) und ausmisten. Ich werde die zwei Wochen Auszeit vom Studium nutzen, um das Gleiche auf dem Schreibtisch zu machen. Einen Überblick verschaffen, liegengebliebene Aufgaben erledigen, einen ersten Blick auf die Prüfungen im Februar werfen und schreddern, viel schreddern. Das Schöne dabei ist, es gibt keinen Zeitdruck. Und zum Abschalten und Entspannen ist auch noch genug Zeit. Für mich ist die Weihnachtszeit, gleich nach den Sommerferien, die schönste Zeit im Jahr. In der Stadt glitzert und strahlt es an jeder Ecke anders. Der Wettlauf um die schönste Installation beginnt schon vor dem ersten Advent. Glühweingeruch vom Christkindelmarkt auf dem Untermarkt zieht durch die Peterstraße bis zum Wohnheim. Die traditionelle schlesische Bratwurst, hergestellt aus Kalbfleisch, Zitronengewürz und Weißwein, darf natürlich nicht fehlen. Und auch auf dem Campus weihnachtet es. Im Foyer der Mensa steht dieses Jahr ein Weihnachtsbaum. Jeder kann dort seinen persönlichen Weihnachtswunsch anhängen. Im Speisesaal hängt wie jedes Jahr der großer Herrnhuter Stern mit gelben und weißen Spitzen. Wenn ich so zurückdenke, ja doch, es war einiges los in diesem Jahr auf dem Campus. Rock the Box inclusive Volleyball, Campusparty mit Jenix, Erstiparty im Club (immer wieder schön), Fotowettbewerb und Trödelmarkt. Bestimmt habe ich was vergessen. Ich weiß gar nicht, was heute in der Mensa los ist. Es ist kaum ein freier Platz zu finden. Irgendwie habe ich das Gefühl, meine lieben Mitstudenten haben ihre Bücher in der Bibliothek im ersten Stock schnell abgegeben, wollen noch einen Happen essen und sind gleich auf dem Sprung nach Hause. Guten Rutsch euch allen. Na endlich. Ganz hinten links am Fenster – ein freier Platz. Ich setze mich und beginne das Stück Fisch im Teigmantel zu suchen. Mein nettes Gegenüber kann sich ein Lächeln nicht verkneifen. Wir kennen uns doch, oder? Ja klar doch, Poetry Slam, zwei Reihen vor mir, Small Talk an der Bar. Meine Erinnerung kehrt zurück. Ich erwidere ihr Lächeln. Das Filet ist gefunden und liegt übersichtlich auf dem Teller. Sie trägt die gleiche Kette wie damals. Die Silberkette mit dem Kreuz als Anhänger. Sie muss meinen Blick bemerkt haben. Nicole holt sich einen Tee und während ich die Zitrone gleichmäßig über den Seelachs verteile, erzählt sie mir, dass sie gestern Abend wieder in der Studentengemeinde war. Regelmäßig treffen sich dort Studenten, um gemeinsam zu singen, zu lachen und zu beten. Der Glaube an Jesus Christus vereint Studenten der verschiedensten Studienfächer. Es wird über Geschichten in der Bibel gesprochen, wie deren Botschaften auf das Leben und auf das Studium angewandt werden können. Studieren ist Leben! Was sonst. Wenn es mal nicht so gut läuft, eine Prüfung danebengeht oder eine persönliche Krise überwunden werden muss, der Glaube an Gott gibt ihr Halt und Zuversicht, erzählt sie mir weiter. Hatte ich das nicht so ähnlich schon mal gehört. Ich erzähle Nicole von meinem Besuch und den vielen Eindrücken auf dem Kirchentag im Sommer in Dresden. Wir merken gar nicht wie die Zeit vergeht. Der Tee ist längst getrunken und vor dem Fenster tanzen ein paar Schneeflocken vom Himmel auf die Erde. Ich bedanke mich bei Nicole für die kurzweilige Unterhaltung und mache mich auf den Weg zum Bahnhof. Nach Hause. Die Worte von ihr sind noch immer in meinen Gedanken.

FRÖHLICHE WEIHNACHTEN

VISION

Wer zu lesen versteht, besitzt den Schlüssel zu großen Taten,
zu unerträumten Möglichkeiten.   *Aldous Huxley*

Silvester in der Neustadt. Es ist mein erster Jahreswechsel in Dresden. Ich kann nicht einmal sagen, auf welcher Party wir sind. Die ganze Neustadt ist eine einzige Partymeile. Alle sind in Bewegung. Jeder auf seine eigene Art und Weise. Von der Scheune über die Kultkneipe Bautzner Tor bis zum Alaunpark. Für einen kurzen Moment verstummen die Geräusche. Es ist Mitternacht. Das neue Jahr beginnt. Wie heißt es so schön, neues Jahr – neues Glück. Na ja, so schlecht war das 2011er nicht, wenn auch mit einigem Auf und Ab. Ich verspüre nicht die geringste Lust, darüber jetzt nachzudenken. Um mich herum erzeugen unzählige Chinaböller einen ohrenbetäubenden Lärm zwischen den Häuserzeilen. Mich beschleicht ein Gefühl der Zeitlosigkeit. Die ersten Stunden des neuen Jahres rauschen an mir vorbei, als würde ich mich außerhalb von Raum und Zeit befinden. Eine Silvesterparty in der Dresdner Neustadt kennt kein Ende. Für jeden, der müde und erschöpft den Weg nach Hause sucht, kommt ein anderer, dessen Kondition unendlich erscheint oder der nach kurzer Erholung schon wieder am Start ist. Ich glaube, es wurde schon langsam hell, als ich endlich auf einer, Gott sei dank, vorher aufgeblasenen Luftmatratze in Ingos Studentenbude liege und auf der Stelle einschlafe. Als ich am nächsten Tag im Zug Richtung Görlitz sitze, spüre ich die Nachwirkungen der langen Nacht in meinem Körper. Der Zug hat Dresden noch nicht verlassen, da schwinden mir zunehmend die Sinne. Das Letzte, an das ich mich erinnere, ist der Anblick des Mannes gegenüber, der so sehr in sein Buch vertieft war, dass er nicht einmal den Kopf hob, als ich versehentlich sein Schienbein streifte. Ich falle in einen Dämmerzustand. Der Verstand hat sich abgemeldet, aber das monotone Geräusch der Räder, die immer im gleichen Abstand über die Schienenstöße fahren, begleitet mich die ganze Zeit. In meinen Gedanken entwickeln sich neue Ideen für mein Buchprojekt. Es beschäftigt mich schon lange und hier im Zug fügt sich ein Puzzleteil zum anderen. Es gibt so viele gute Bücher, manche stehen in den Bestsellerlisten ganz oben. Mich ärgert, dass Bücher immer teurer werden. Für den chronisch klammen Studentenbeutel ist die Erstausgabe kaum noch erschwinglich. Manchmal fällt was zum Geburtstag ab, aber das hilft nicht wirklich. Ich suche mir ein paar gleichgesinnte Bücherfreaks und gemeinsam gründen wir den Studentenbücherclub. Das Ganze muss mit so wenig Aufwand wie möglich und nach dem Motto „no money, just fun" funktionieren. Es gibt nur zwei Regeln. Die Anzahl der Bücher ist auf 50 beschränkt. Kommen neue hinzu, werden nicht mehr nachgefragte aussortiert. Regel 1 besagt, dass jeder Student ein Buch nicht länger als einen Monat behalten darf. Regel 2 verpflichtet zu einem kurzen Feedback zum Inhalt und einer Empfehlung für andere. Das ist alles. Satzung und Vereinsgründung unnötig. Wo kommen die Bücher her? Das sind Spenden von Leuten, die ihr Bücherregal wegen Überfüllung aussortieren. Jemand tippt mir auf die Schulter. Ich komme langsam zu mir. Der Schaffner will meine Fahrkarte sehen. Zum Glück habe ich sie griffbereit, denn in Gedanken bin ich noch im Buchclub. Ob das klappen könnte? Ein Projekt wird dann erfolgreich und nachhaltig sein, wenn sich Leute finden, die Spaß an der Arbeit haben und wenn andere einen Nutzen davon haben. Was spricht dagegen, dass der Buchclub jedes Semester neue Interessenten findet und sogar Clubabende stattfinden, wo über interessante Bücher diskutiert wird. Klar muss man erstmal Zeit haben zum Lesen. Ich habe im ersten Semester kein einziges Buch gelesen, nicht mal in den Semesterferien. Das hat sich geändert. Inzwischen lese ich gerade dann ein gutes Buch zum Abschalten, wenn Studienstress und Termindruck am größten sind. Was erfreulicherweise dafür spricht, dass man sich, während die Semester so vorübergehen, doch weiterentwickelt.

PRÜFUNG

Den Schlüssel zum Erfolg kenne ich nicht. Der Schlüssel zum Scheitern ist, es allen recht machen zu wollen.

Bill Cosby

Es kommt vor, dass ich an einem Wochenende ein 300-Seiten-Buch am Stück lese. So gewinne ich gedanklichen Abstand zu Fachbüchern und Vorlesungsscripten. Und ich verschaffe mir einen Perspektivwechsel, eine Denkpause. Der Zug fährt in den Görlitzer Bahnhof ein. Die anderthalb Stunden vergingen ja wie im Flug. Kein Wunder, habe ich doch die halbe Zeit quasi zwischen Wachsein und Traum verbracht. Es gelingt mir immer besser aus Tagträumen konkreten Nutzen zu ziehen. Auch für Aufgaben im Studium. Dabei kommt es mir so vor, als spricht ein unbewusstes Etwas mit seiner Kreativität und Phantasie zu mir. Ich kann das nicht steuern. Ähnlich wie bei Harry Potter, bei dem die Gegenwart von Lord Voldemort Schmerzen in seiner Narbe auf der Stirn verursacht. Ich spüre keine Schmerzen. Manchmal gelange ich so zu Lösungen, über die ich schon längere Zeit nachdenke. Leider funktioniert das noch nicht bei Prüfungsvorbereitungen. Das Wetter ist besser als vorhergesagt. Ich beschließe, zu Fuß ins Wohnheim zu gehen. Die frische Winterluft wird mir guttun. Auf meinem Schreibtisch und anderen eher weniger dafür vorgesehenen Ablageflächen warten schon jede Menge Bücher auf mich. Fachbücher! Fünf Klausuren in zwei Prüfungswochen, dazu noch eine Projektpräsentation in der letzten Semesterwoche. Mit leichtem Unbehagen kehrt die schmerzliche Erinnerung zurück. Durchgefallen im ersten Anlauf. Die Matheprüfung nach dem ersten Semester wurde zu einer grusligen Erfahrung für mich. Dabei lief die Vorbereitung ganz gut. Klar, die Zeit war knapp, aber wann ist das schon mal nicht so. Die Wiederholung der Seminaraufgaben klappte erstaunlich gut, das Bauchgefühl hatte „Durchkommen" signalisiert. Dann saß ich in der Prüfung und hatte keinen Plan. Die Aufgaben waren völlig anders formuliert, manches kam mir total neu vor. Ich wusste es instinktiv, als ich den Raum verließ. Matze hatte es mir wohl gleich angesehen. Vergiss es, war meine Antwort auf die noch nicht gestellte Frage. Ich war ziemlich down. In meinem Kopf formierte sich eine Abwärtsspirale. „Das schaffe ich nie. Die anderen sind so viel besser. Falsches Studium. Hätte ich nur auf ... Oh Gott, ich bin zu blöd." Matze erlöst mich aus der heraufziehenden Depression. Eiskaffee mit doppelten Espresso. Das hilft fürs Erste. Was folgt ist ein langes Gespräch über Lernmethoden, Erfolge und Niederlagen, Wege und Ziele und was das alles mit dem Kopf zu tun hat. Ein gutes Gespräch unter Freunden, was mir Selbstbewusstsein und Sicherheit ein wenig zurückbringt. Gemeinsam haben wir den Fehler gefunden. Es lag nicht am Timing der Vorbereitung, auch nicht an den Bedingungen am Prüfungstag. Ich fühlte mich sogar gut an diesem Tag. Meine Lernmethode war falsch. Ich habe die Beispielaufgaben geübt und geübt, quasi auswendig gelernt, ohne auf die übergeordneten Zusammenhänge zu achten. Heute, vier Semester später, sehe ich die Ehrenrunde gelassen. Wer weiß, vielleicht war dieses Scheitern sogar wichtig für mich, um zu erkennen, wie es nicht geht. Olli Kahn hat in seinem Buch „ICH. Erfolg kommt von Innen" geschrieben, dass die schmerzhafte Niederlage im Endspiel 1998 gegen Manchester (zwei Gegentore in der Nachspielzeit) erst den Sieg in der Champions League 2001 gegen Valencia möglich gemacht hat. Ich habe seit der missglückten Matheprüfung jede Prüfung im ersten Anlauf bestanden. Ich gebe zu, manchmal war auch eine gute Portion Glück dabei, ich meine punktemäßig auf Kante genäht. Wie spät ist es eigentlich? Höchste Zeit, um einen Plan zu schmieden, einen Prüfungsvorbereitungsplan. Nach der Prüfung ist vor der Prüfung. Der Countdown läuft. Scheitern nicht mehr vorgesehen. Ich bin zuversichtlich und innerlich erstaunlich entspannt. In unserer WG-Küche bewegt sich etwas. Mein Mitbewohner scheint das Heiligtum betreten zu haben. Matze, einen Eiskaffee bitte! Er grinst mich an und weiß Bescheid.

ENTSCHEIDUNG

Manch einer verdankt seinen Erfolg den Ratschlägen, die er nicht angenommen hat.   *Franz Molnar*

Das Schwierigste im Leben sind Entscheidungen. Ich habe mich darin immer schwergetan und das hat sich bis heute nicht groß gebessert. Ich meine nicht die täglichen kleinen Entscheidungen. Pizza oder Döner, joggen oder schwimmen. Der Bauch schlägt vor und der Verstand akzeptiert. Nicht immer ist es die richtige Wahl, aber die Folgen, positiv oder negativ, sind überschaubar und meist schnell vergessen. Weitaus schwieriger sind die Entscheidungen, die sich nachhaltig auf meinen Lebensweg, meine Ziele und Wünsche auswirken. Studiere ich das Richtige? Sollte ich überhaupt studieren? War die Hochschule in Görlitz die richtige Wahl? Es gibt Momente, da kriege ich solche moralischen Anfälle von Selbstzweifel. Glücklicherweise habe ich heute das gute Gefühl, auf dem richtigen, auf meinem Weg, zu sein. Auf einmal kommt mir alles so geradlinig, so einfach, fast schon irreal vor. Noch zwei Semester anstrengen und dann hast du den Bachelor, den ersten akademischen Grad, in der Tasche. Toll. Natürlich wird das nicht einfach, das ist mir schon klar. Und da ist ja noch das Bauchgefühl, das mich fragt: War's das schon? Bist du bereit für den täglichen Berufsstress? In Gedanken stehe ich dann in einem Wald mit vielen Bäumen, Bäume des Wissens. Geradeaus, noch ein gutes Stück vor mir, ist das Ende des Waldes bereits zu erkennen. Dahinter beginnt ein weites Feld. Ich drehe mich nach links und blicke auf eine helle Lichtung. Es gibt dort keinen Ausgang, aber einen guten Platz zum Verweilen. Und genau dafür habe ich mich am Wochenende entschieden. Morgen gehe ich zur Studentenverwaltung und beantrage ein Urlaubssemester. Ich gehe für ein halbes Jahr nach Barcelona und arbeite dort in einer Firma, die Entwicklungshilfeprojekte in Südamerika betreut. Ich freue mich darauf, neue Leute kennenzulernen, andere Kulturen zu verstehen und möchte so ganz nebenbei mein Spanisch verbessern. Es war keine leichte Entscheidung mit Pro und Kontra, Fürsprechern und Bedenkenträgern. Am Anfang war es das Bauchgefühl, das mir sagte: Ben, du musst hier mal raus, raus aus Görlitz, aus der Enge des vorbestimmten Curriculums, aus den doch schon ziemlich eingefahrenen Denkmustern. Ich rechne es dem Bauch hoch an, dass er den Verstand überzeugt hat. Das Praktikum ist keine verlorene Zeit. Ganz im Gegenteil. Es schafft mir den nötigen Abstand zum Studium, um das Gelernte anzuwenden und Aufgaben aus anderer Perspektive zu sehen. Mein iPhone wird mich begleiten. Und es wird mich an die Worte von Steve Jobs, dem Mitbegründer und langjährigen CEO von Apple, erinnern, der mit seinen kreativen Ideen das Leben anderer bereichert hat. Nur gegen den Krebs hatte er letztlich keine Chance. Seine Rede im Jahr 2005 vor amerikanischen Stanford-Absolventen habe ich mir im Internet mehrfach angesehen. Und wer weiß, vielleicht hat mich seine Botschaft sogar mehr geprägt und beeinflusst, als ich denke. „Habt den Mut, dem eigenen Herzen und der Intuition zu folgen. Die wissen irgendwie schon genau, was du wirklich sein willst. Alles andere ist zweitrangig." Ich muss an Anne denken. Ja, wir sind zusammen. Ganz sicher eine richtige Entscheidung. Sie war da, als es mir echt schlecht ging. Ich werde nie den Ausflug ins Zittauer Gebirge vergessen, als sie mir klarmachte, dass Aufgeben keine Option ist. Egal wie aussichtslos einem die Situation auch erscheinen mag. Wir hatten ein wunderbares halbes Jahr, was mich nicht nur in meinen Kenntnissen der Naturwissenschaften vorangebracht hat. Anne war von Anfang an für das Praktikum in Barcelona. Zwar wieder eine Fernbeziehung, aber zeitlich überschaubar. Trotzdem graut mir davor. Echt. Aber ich bin optimistisch, dass unsere Liebe stark genug sein wird. Die Losung des Kirchentages kommt mir in den Sinn.

Da wird dein Herz sein

LABYRINTH

Wer die richtige Einstellung hat, den kann nichts und niemand aufhalten. Wer die falsche Einstellung hat, dem kann nichts und niemand helfen.   *Thomas Jefferson*

Der Minotaurus war ein gewaltiges Ungetüm, geboren in die Familie des Königs von Kreta, des mächtigen Herrschers, der unter dem Namen Minos bekannt war. Minotaurus war halb Mensch, halb Stier. Die Menschen verehrten ihn als Gott und fürchteten ihn zugleich. König Minos konnte es nicht ertragen, dass sein Weib Minotaurus ohne ihn empfangen hatte. Er wurde von Eifersucht bis an den Rand des Wahnsinns getrieben und wünschte sich nichts sehnlicher als seinen Tod. Aufgrund der göttlichen Abstammung wagte es Minos aber nicht, ihn umzubringen. So beschloss der König, ein unterirdisches Gefängnis für die unerwünschte Kreatur zu bauen. Er entwarf ein kreisförmiges Labyrinth von gewaltigen Ausmaßen, welches zu einem Tempel im Mittelpunkt führte, in dem Minotaurus frei, aber letztlich doch gefangen war. Das Labyrinth war so angelegt, dass man nie mehr herausfinden konnte, wenn man einmal drin war. Theseus war der jüngste Sohn des attischen Königs. Er war entschlossen, die Bestie zu erschlagen. Als das Schiff mit Theseus aus Athen im Hafen landete, spazierte Prinzessin Ariadne gerade nahe dem Hafen am Strand entlang. Sie sah Theseus und verliebte sich auf der Stelle in ihn. Sie hatte in ihn den strahlenden Helden erkannt, der die Dunkelheit besiegen konnte. Da Ariadne die Halbschwester des

Ungeheuers war, kannte sie das Geheimnis, wie man Minotaurus erschlagen und aus dem Labyrinth fliehen konnte. Sie wob Strähnen ihres seidigen Haares zu einem goldenen Faden, um dem Geliebten bei der Flucht zu helfen. Und sie gab ihm ein wundersames Schwert, das einst für Poseidon geschmiedet worden war. Ariadne wusste, dass diese Waffe ihren Halbbruder töten konnte. In der Mitte des Labyrinths traf Theseus auf Minotaurus und besiegte ihn. Nachdem seine Aufgabe erfüllt war, folgte er seinen eigenen Schritten wieder aus dem Labyrinth hinaus, geleitet von Ariadnes Faden. Am Ausgang erwarten ihn die Arme der Geliebten. Die Kraft der Liebe hat das Ungeheuer besiegt und den Weg heraus gewiesen.

Labyrinthe sind keine Irrgärten. Sie haben nur einen einzigen, verschlungenen Weg. Dieser führt vom Startpunkt zum Ziel auf möglichst großer Strecke. In der Kathedrale von Chartres in Frankreich befindet sich im Fußboden eingearbeitet der Weg eines Labyrinths. Es besteht aus schwarzen und grauen Steinplatten, die in den Boden der Kathedrale eingelassen sind. Es ist ein Weg, der sich über 34 Kehren durch 11 konzentrische Kreise zum Zentrum windet und 265,50 Meter lang ist. Er misst neun Meter im Durchmesser. Was aber hat das alles mit Bens Erlebnissen und Erfahrungen des vergangenen Semesters zu tun? Eigentlich nichts und doch gibt das Labyrinth den einzelnen Episoden der Erzählung einen Rahmen. Es steht symbolisch für die Suche nach dem eigenen Weg.

Okay Leute, liebe Kommilitonen, ein Semester lang wart ihr quasi ein Teil von mir, habt mich begleitet, als die Berge höher wurden und die Täler tiefer. Dafür danke ich euch. Jetzt seid ihr dran. Macht das Beste aus eurem Studium, eurem Leben. Versucht immer die vier Säulen des Lebens in die innere Balance zu bringen.

Gesunde **ERNÄHRUNG**
Sport und **BEWEGUNG**
Positive **GEDANKEN**
Meditation und **ACHTSAMKEIT**

Passt auf euch auf und seid immer ihr selbst.

Die VIER Säulen eines gesunden Lebens

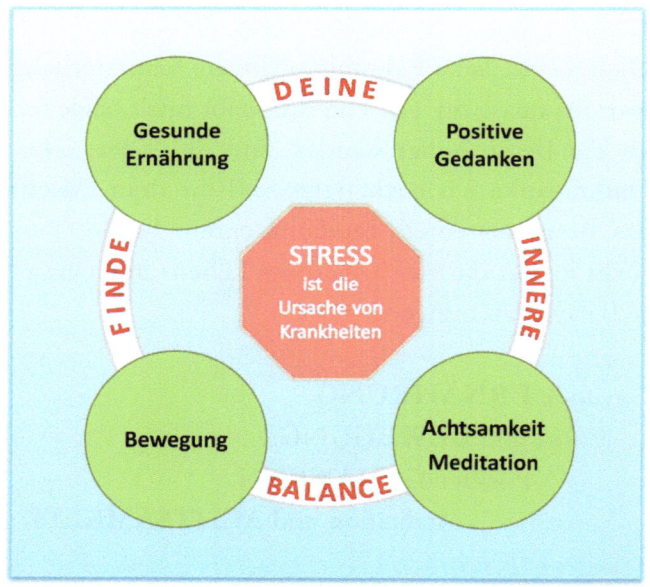

Woran ich mich halten kann. Der Weg zum Ziel.

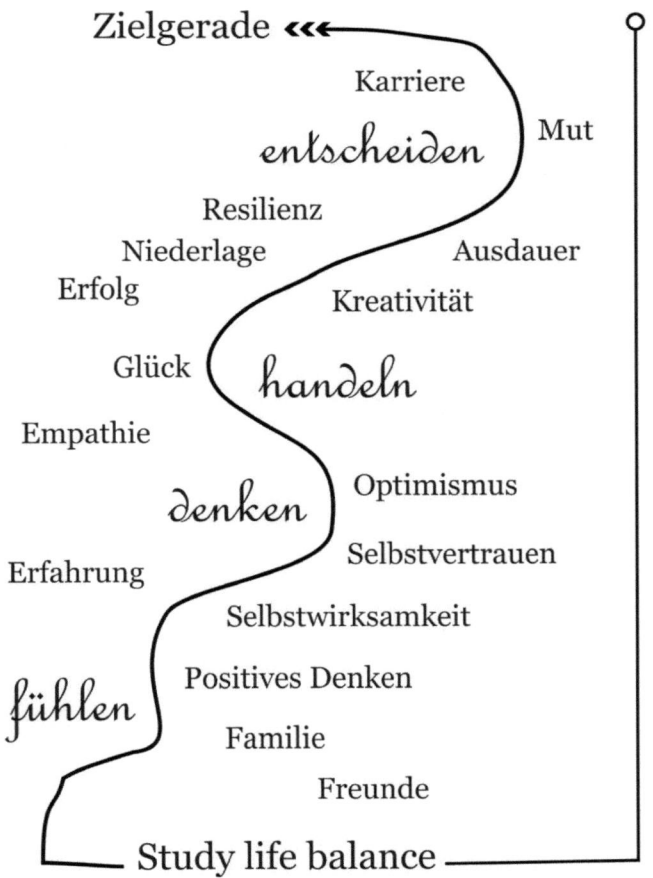

Zielgerade «
Karriere
entscheiden   Mut
Resilienz
Niederlage   Ausdauer
Erfolg
Kreativität
Glück   handeln
Empathie
Optimismus
denken
Selbstvertrauen
Erfahrung
Selbstwirksamkeit
fühlen   Positives Denken
Familie
Freunde
Study life balance

Menschen, die mir wichtig sind.

Termine, die ich nicht verpassen darf.

Bilderverzeichnis

Was ich noch zum Thema lesen kann.

Justus Bender: Mach ich zu viel für die Uni?
Zeit Campus, 6/2008, S. 20

Sebastian Christ: … und wünschen Ihnen für die
Zukunft alles Gute!

John Strelecky: Das Café am Rande der Welt

Paulo Coelho: Der Alchimist

Bas Kast: Wie der Bauch dem Kopf beim Denken
hilft

James R. Doty: Das Alphabet des Herzens

Dr. Joseph Murphy: Die Macht Ihres Unterbewusstseins

Dale Carnegie: Wie man Freunde gewinnt

Lars Amend: Why not?

John Selby: Was mich stark macht

Paul McKenna: Ich mach dich selbstbewusst